VENTE JUDICIAIRE

AUX ENCHÈRES PUBLIQUES

En vertu de la loi du 23 mai 1863

Le Mardi 25 et le Mercredi 26 Octobre 1887

A DEUX HEURES

AUX MAGASINS GÉNÉRAUX PARISIENS

AGRÉÉS PAR L'ÉTAT

DE

MM. DEBIÈRE & MAY

68 et 70, quai Jemmapes

Au coin de la rue Alibert, en face la rue Dieu

BEAUX MEUBLES

ANCIENS

ET REMARQUABLES REPRODUCTIONS

GRAND MEUBLE CHINOIS

Tout à fait exceptionnel

Bronzes et Marbres, anciens et de style

FAÏENCES, PORCELAINES DE SÈVRES

TABLEAUX

Dépendant de la faillite du sieur X..., antiquaire

EXPOSITION PUBLIQUE

SAMEDI 22 et LUNDI 24 OCTOBRE 1887

De 9 heures du matin à 5 heures du soir

Adrien RAOUX

COURTIER DE MARCHANDISES, PRÈS LA BOURSE DE PARIS

Assermenté au Tribunal de Commerce de la Seine

58, Boulevard de Strasbourg

PARIS

BEAUX MEUBLES ANCIENS DE LA RENAISSANCE

LOUIS XV ET LOUIS XVI

Reproductions artistiques et très soignées de

MEUBLES LOUIS XV ET LOUIS XVI

Notamment un remarquable Lit Louis XV, orné de bronzes

d'un goût irréprochable

SUPERBE COFFRE DE MARIAGE

Époque de la Renaissance

Le panneau du devant représentant un mariage royal, nombreux
personnages avec les costumes du temps

Magnifique **DRESSOIR**, style Henri III

Quantité de Belles Pendules

LOUIS XIV, LOUIS XV, LOUIS XVI

LUSTRES, CHENETS, APPLIQUES

FERS FORGÉS

Notamment **Un Magnifique Landier de la Renaissance**

Provenant du Château de Chambord

Portant en tête, au-dessous de la couronne royale de France
la date de 1541.

Pelle et Pinces, Soufflet assortis

BEAU MIROIR LOUIS XIV

CADRE EN BRONZE

PORCELAINES DE SÈVRES, FAIENCES DIVERSES

Beaux Vases en marbre, ornés de bronzes

STATUE EN MARBRE, ATTRIBUÉE A MICHEL-ANGE

TABLEAUX

OBJETS DIVERS

BIJOUX

MAGNIFIQUES RIDEAUX SOIE, VIEUX ROSE

MEUBLES

13362 1 — **Splendide Meuble Chinois,** *laque extra,* hauteur 1 m. 80 sur 1 m. 32 de large.

Le milieu forme Armoire, 5 Tiroirs sont disposés dans diverses parties du meuble, il est orné de 6 Plaques très importantes en Satzuma ancien, d'une finesse remarquable.

13257 2 — **Grand Meuble Flamand Louis XIII,** à colonnes, hauteur 2 m 15, largeur 1 m. 60, à 4 portes, haut et bas, 2 tiroirs, corniche et et entablement sculptés.

3 — *Grand Coffre à bois sculpté,* style renaissance

4 — *2 Escabeaux,* même style.

12692 5 - - *Joli Cabinet chinois,* laque, orné de coins, charnières et serrures ciselées, 6 tiroirs intérieurs sur une table même style.

12692   6 — Charmante *Table-Bureau Louis XVI*, forme rognon, ornée de bronzes dorés très finement ciselés, copie du meuble de Trianon.

7 — *Secrétaire* Louis XVI, bois de rose et palissandre, orné de bronzes dorés, 2 portes dans le bas, 1 tiroir dans le haut, dessus marbre.

12696   8 — **Splendide Lit de milieu**, style Louis XV, bois de rose et palissandre, orné de bronzes, dorés et ciselés d'une grande pureté de style, pièce hors ligne.

12806   9 — *Bureau-Table*, style Louis XVI, acajou, forme rognon, pendant du n° 6.

12993 10 — *Grand dressoir de salle à manger*, noyer, à colonnes.

4 *Chaises* fond et dossier cannés, même style.

11 — *Commode Louis XVI, acajou*, à 5 tiroirs, poignées et entrées cuivre.

13177 12 — Très joli *Coffret*, ancien, bois noir, filets et incrustations ivoire.

13 — *Grande Banquette d'antichambre*, bois sculpté, dossier et bras.

13177   14 — *Bahut* Renaissance à 4 portes sculptées, à personnages, tiroir formant corniche dans le haut
également sculpté.

13283   15 — *Petit bureau à cylindre* acajou, ancien, filets
cuivre, dessus marbre blanc, galerie cuivre.

16 — *Grand Coffre de mariage*, époque de la Renaissance, le dessus orné d'un semis de Fleurs de
Lys dans des losanges, le devant composé d'un
panneau très remarquable représentant un
mariage royal avec les costumes de l'époque.

17 — Petit *Bonheur du jour*, acajou, filets cuivre,
4 tiroirs.

18 — *Guéridon* marqueterie Boule.

13325   19 — *Banquette* à dossier style Renaissance, armes
dans les panneaux, bras

19 — Petit Bahut renaissance, noyer sculpté.

20 — Escabeau, noyer sculpté, avec dossier.

21 — Vitrine Louis XVI, ancienne, bois des Iles, motifs
et entrées bronze, dessus marbre, haut. 2 m. 45,
largeur 0 m. 95.

22 — *Coffret à Dentelles*, vrai Boule authentique, provient du château de Chenonceaux.

13325 23 — *Grand Porte-Manteau*, noyer sculpté.

24 — *Bois de Canapé noyer* naturel, style Louis XV.

25 — *Petit Bureau* chiffonnier, bois des Iles, marqueterie paysages, entrées et appliques bronze doré,
dessus marbre.

26 — *Petite Commode* 1/2 lune, bois de roses, 2 tiroirs
dans le milieu et portes de côté, entrées,
poignées et appliques bronze, dessus marbre.

13244 27 — *Petit Dressoir* renaissance, noyer sculpté.

28 — *2 Escabeaux*, avec dossier, noyer sculpté.

29 — *1 Coffre*, noyer sculpté.

13254 30 — *1 Ours, bois sculpté*, porte-parapluie.

31 — *Table ovale, Louis XVI*, acajou, filets cuivre.

32 — *Oiseau*, bois sculpté (porte-parapluies).

13254 33 — Magnifique *Commode* Louis XV, bois des Iles,
2 grands tiroirs dans le bas, 2 petits en haut,
garnie de beaux bronzes, dessus marbre.

34 — *Etagère* italienne, ébène et ivoire.

35 — *Vitrine* Louis XVI, bois des Iles, à 2 portes,
ornée de bronzes, dessus marbre.

36 — *Coffret* italien, bois noir, incrust., et filets ivoire.

12895   37 — *Petit Meuble Louis XV*, (table à ouvrage) palissandre et bois des Iles, à 3 tiroirs, appliques,
poignées et galeries bronze doré.

13401   38 — **Magnifique Dressoir, style renaissance,**
(1 m. 80 long. sur 0 m. 53) à 2 rangs d'é-
tagères supportées par des colonnes, les fonds
à caissons sculptés. La partie du bas a 3 portes
sculptées, séparées par des cariatides, dans le
milieu 3 tiroirs sculptés avec têtes de chimè-
res correspondant aux portes, grand fronton
sculpté.

BIJOUX

13178   — 1 *Bague* gros brillant solitaire.
1 *Paire de Boutons d'oreilles*, brillants.
13237   — 1 *Bague* Emeraude.

BRONZES, PENDULES

13257 39 — *Petite Pendule Louis XVI,* marbre blanc et bronze doré, sujets mythologiques (pièce ancienne).

12704 40 — *Lustre,* style Louis XIV, bronze doré, 12 lum.

12917 41 — *Eléphant* émail, bronze cloisonné de Chine, excessivement fin.

12924 42 — *Statuette,* bronze sur socle, marbre rouge, « Baigneuse de Falconnet ».

43 — *Statuette* formant pendant, « Femme au bain de Coinchon ».

12993 44 — Grande *Pendule,* socle marbre noir, orné d'écussons aux armes de la famille de Guise, statue équestre, « Ligueur », signé Nieuwerkerque, 1843.

45 — 2 *Statuettes* d'accompagnement, sur socle marbre noir, guerriers du temps de la Ligue.

46 — Très jolie, *Pendule* d'applique, ancienne, Louis XIV, avec son support.

47 — *Cartel,* vernis Martin, style Louis XV, fond vert.

48 — *Bendule* religieuse.

13237   49 — Grande *Pendule* d'appliques, Louis XIV, fond
écaille noire ornée de bronzes très finement
ciselés et dorés, avec socle orné d'un médaillon,
cariatides sur les faces, au sommet, statuette
« La Victoire »

13283   50 — Petit *Cartel*, vernis Martin, fond vert.

51 — 1 paire *Candelabres* flamands, cuivre.

52 — 1 *Surtout de Table*, cuivre poli, avec glaces biseautées.

53 — 1 *Paire de Lampes*, potiches Chine, monture
bronze.

54 — Petite *Pendule*, Louis XVI, cuivre poli, sur socle
marbre.

55 — 1 *Jardinière*, émaux cloisonnés.

56 — 1 paire de *Cornets*, Chine, monture bronze.

57 — 1 paire de *Flambeaux*, Louis XVI, bronze doré.

58 — 1 petit *Cartel*, Louis XV, bronze poli.

13301   59 — *Lustre*, bronze doré, style Louis XVI, 12 lumières

60 — 1 paire de *Buires*, bronze poli

61 — 2 jolies *Statuettes*, bronze, d'après Clodion, socles
marbre.

13325 62 — 1 paire petites *Jardinières*, Chine, monture bronze

13265 63 — Magnifique *Pendule*, Louis XVI, forme violon, sur socle, marbre blanc, bronzes très finement ciselés et dorés au mat, branches de chêne sur le côté, au sommet une tête rayonnante.

13265 64 — 1 paire d'*Appliques*, Louis XVI, bronze doré et ciselé.

65 — 1 *Encrier-Pendule*, style Louis XIV, bronze poli.

66 — 1 paire de *Candélabres*, Louis XVI, bronze argenté, 4 lumières.

67 — *Jardinière*, vieil émail Japon.

13244 68 — *Coupe* Céladon, monture bronze, dans le goût Chinois.

13254 69 — 1 paire de *Chenêts gouthiéres*, bronze doré.

70 — 1 paire d'*Appliques*, Louis XVI, bronze doré.

13201 71 — **Magnifique Miroir Louis XIV**, hauteur 1 m. 75.

Glaces du centre et de bordure biseautées. Cadre entièrement en bronze, finement ciselé, le fronton orné d'une tête allégorique, de vases de fruits, etc.
Pièce absolument remarquable.

MARBRES

13201   72 — *Beau Vase, Louis XVI, marbre antique*, monture bronze doré, ciselure parfaite, serpents enroulés formant les anses, appliques bronze, sujets fleurs, surmonté de la couronne royale de France.

13244   73 — 1 *Paire de Vases,* Louis XVI, marbre blanc, monture bronze, les panses décorées d'une guirlande de vigne, têtes de satyres, couvercles surmontés d'une pomme de pin. Ces vases sont renfermés dans une gaine en cuir, fermoirs et poignées cuivre.

13254   74 — 1 *Paire grands Vases,* marbre ancien, socle entourage bronze, guirlandes de feuilles de chêne, anses et appliques Bronze. Surmontés d'un bouquet de lys s'adaptant à volonté.

13401   75 — 1 *Statue marbre blanc*, hauteur o m. 72, Christ tenant le pied de sa croix. Cette statue est d'une exécution incomparable, de la plus belle époque de la renaissance italienne, est attribuée à *Michel Ange*.

FAIENCES & PORCELAINES

13257   76 — 1 *Melonnière*, porcelaine de Sèvres, sujet Watteau, fond bleu turquoise, anse en bronze doré.

77 — *Coupe* Chine, monture bronze doré.

12692   78 — *Tasse* en ancienne porcelaine de Sèvres, camaïeu rose, joli médaillon, genre boucher.

12917   79 — paire de grandes *Potiches*, porcelaine de Chine, famille verte, haut 0 m. 60.

12924   80 — 12 *Tasses à café*, porcelaine de Chine, décor personnages rouge et or.

13283   81 — 1 paire *Cache-pots* faïence de Saxe, avec écusson armes royales.

13288   82 — Très jolie *Pendule* en porcelaine de Lunéville, surmontée d'un petit personnage, socle et corniche en bronze.

83 — 1 paire *Candélabres* d'accompagnement

84 — 1 *Plat* vieux Rouen à la corne.

85 — 1 *Tasse* vieux Sèvres, fond bleu turquoise, décor Watteau, dans sa gaine.

13288 86 — Grande *Vasque* Japon.

13325 87 — *Plaque Faïence* ancienne Urbino (Vierge).

88 — Beau *Plat*, ancien, de Goubio, à reflets métal-
liques dans un cadre en bois noir, filets or.

13265 89 — Grande *Vasque*, Japon. décor polychrome.

13234 90 — *Plat*, vieux Chine

91 — *Plat* faïence Italienne

FERS FORGÉS

13177 92 — Grand *Landier* fer forgé.

13283 93 — 1 paire de *Chenéts* anciens en fer forgé, surmontés
de fleurs de Lys.

94 — 1 paire *Pelle et Pincettes* anciennes, motifs cuivre
dans le haut.

95 — **GRAND & MAGNIFIQUE LANDIER**
en fer forgé, les supports du bas en bronze, le
haut surmonté de la couronne royale. Provient
du château de Chambord.
Pièce remarquable de la renaissance, portant
sur le fronton la date de 1541.

96 — 1 paire grandes *Pelles et Pincettes* d'accompagnement.

97 — Enorme *Soufflet* en noyer, sculpture renaissance.

Modèles et Objets divers

97 — 1 *Modèle de lit*, Louis XV.

98 — 1 *Console,* fer forgé, Louis XV.

99 — 4 *Portes d'Armoires*.

100 — 2 *Fauteuils*, Louis XV, anciens.

101 — 1 *Coffre* arabe.

102 — 1 *Modèle* de Bergère, Louis XV.

103 — 2 *Colonnes*.

104 — 3 *Statues* de Saints.

105 — 1 *Voiture* de malade.

106 — 1 *Lit de fer*.

107 — 2 Modèles *Fauteuils*, acajou, empire.

108 — 2   »   »   Louis XIV.

109 — 1 *Etabli* et 1 lot d'*Outils*.

Entrée : 13397

110 — 1 *Grande Garniture*, 3 *pièces*, porcelaine genre
Sèvres, fond bleu turquoise, décor Watteau
monture bronze.

Un lot très important qui sera divisé

PORCELAINES GENRE SÈVRES

Assiettes, tête à tête, Brûle-parfum, Tasses, Vases
Cache-pots, etc.

1 PANOPLIE

111 — *La Baigneuse de Falconnet* (statuette marbre).

112 — 1 *Buste* Louis XV, plâtre doré.

115 — *Console* Louis XVI, bois doré, dessus marbre
rouge.

TABLEAUX

2 Statues bois doré, porte-Vases, très bien sculptées.

20 Rideaux BROCATELLE de SOIE VIEUX ROSE
et peluche vieux cuivre (Embrasses et Garnitures).

1 Canapé et 2 fauteuils assortis.

4 Fauteuils divers, 1 Chaise, 2 Coussins.

UN ORGUE-HARMONIUM

D'ALEXANDRE PÈRE ET FILS

1 TABOURET de PIANO, Ebène et Velours

---

25 Pièces

BEAUX BOIS SCULPTÉS

Panneaux, Modèles de Chaises et Fauteuils, Porte-Vases, etc.

1. Ces marchandises seront vendues au plus offrant et dernier enché-
risseur, livrables dans les magasins où elles se trouvent déposées, visibles
deux jours avant la vente ; aussi les acquéreurs ne pourront-ils préten-
dre à aucune réclamation pour quelque cause que ce soit.

2. L'acheteur paiera comptant, sans escompte, en prenant livraison, le
principal ainsi que les frais, réglés à **1** fr. **15** par 100 fr. soit **15** centimes
pour droits d'enregistrement et 1 fr. pour courtage.

3. Faute par l'adjudicataire de prendre livraison dans les trois jours de
la vente, la marchandise sera revendue sur folle enchère, à ses risques et
périls, trois jours après la sommation qui lui aura été faite de recevoir et
sans qu'il soit besoin de jugement.

Adrien RAOUX

Courtier de Marchandises, près la Bourse de Paris
Assermenté au Tribunal de Commerce
de la Seine,
58, boulevard de Strasbourg.

Paris — Imp. Ed. Rousset et Cie, 7, rue Rochechouart